是女子

葉益青詩集

目 次

【導讀】從個人抒情到社會觀照
　　　　──我讀葉益青詩集《是女子》／羊子喬　007
【讀賞】是女子也捲毛／王昭華　015

是女子
寫給我的捲毛　023
來去　025
收信　027
目標──拋繡球　028
Nu bra　030
拒絕聆聽世界──我和我的折耳貓　031
永恆　032
落紅不是無情物　034
舊時衣　036
換季　038
新公園──黃氏貞節牌坊　040

過日子

日曆　047

泡沫紅茶　048

給我一個金烏　049

溫泉　050

我們是朋友──致Line　051

自動販賣機　053

吃爭鮮　055

結婚證書　057

面試──有夢最美　059

面試──賣菜婦　062

面試圓舞曲　064

團購　066

掃墓　068

年會　069

城市小劇場

艋舺廟門　075

致松山菸廠的曾經　076

那城內　077

我城小劇場　078

台北合唱──議會風景　080

瑜伽台北動物三式　082

流浪──街友　084

好鄰居　086

金魚缸──捷運詢問處　088

博愛座　090

Time──香港，起點還是終點　092

這土地

中秋食蟹　099

刮痧　101

贈品　103

國際化光輝十月　105

送別　107

來塑身──為山補破網　109

民宿滿田園　111

紅薔薇──記郭芝苑　113

米克斯島嶼　115

【後記】微光中的寫詩時光　119

【導讀】從個人抒情到社會觀照
——我讀葉益青詩集《是女子》／羊子喬

　　當我獲知結識多年的葉益青要出版詩集時，著實嚇我一跳，因為從未聽說她在寫詩，尤其七年前從台北返鄉到國立台灣文學館任職後，一直未與她聯絡，因此，接到她要我為她的詩集說幾句話後，才知道這些都是近兩年來的詩作，更讓我已近五年沒有詩作的人感到汗顏。

　　初讀葉益青整本詩集的詩作後，發現作品充滿個人生命的情調，以及對社會的觀照。每首都具有文字背後的玄思，充滿機智，引人深思。詩集共分四輯有四十五首，每輯輯名涵擴詩作範疇，彰顯了創作的張力。

　　輯一：「是女子」，作者從日常生活取材，經過妙筆玄思，寫出個人感受。輯中第一首詩〈寫給我的捲毛〉，道出：「不願被馴服的／我的髮／總是／自顧自地隨性／野　開心就好 ……／／不能被馴服的髮／經手握強風熱氣高溫／美髮師大權／偽裝柔順暫時低眉／換得／掌權者心安／／不願被馴服的／我的髮／三小時小媳婦／下戲後／我／再來自在地當個捲毛」如此生活化、日常化及個人化的題材，卻寫得充滿趣味性。第二首〈來去〉寫的是對愛情的感受，把陳年愛情比喻為囤積在腸道便祕了，要「淚水再多也無法／滑潤／

離開的通道／等待英雄等待解藥等待健保勞保照顧／等待／未來某一天／山洪暴發穿越肛門／告別／／心如古井水的以為愛情住進了古墓」；面對心底的新愛情，以「颱風神經病嚎哭／濕潤／進入的通道／等待狗熊等待春藥等待國民年金保障／等待／不知道哪個某一天／山洪暴發衝向陰道／前進／／心如古井水的讓愛情從古墓出來曬太陽／／有來有去」來抒發，把新舊愛情的感受寫得不但傳神，也充滿詼諧。在輯一的11首詩作，有關書寫愛情的詩作，有〈來去〉、〈收信〉、〈目標──拋繡球〉、〈永恆〉、〈落紅不是無情物〉、〈舊時衣〉等六首，而在〈舊時衣〉一詩，與台語歌曲〈一領上舊的新衫〉有異曲同工之妙，然而葉益青在詩中具現了更深沉的愛：「……曾經佔領我身軀／參與我生命／同時寫下有他與沒有他／存在的青春／／右手舞動穿過袖口／左手揮動穿越記憶／衣仍在／／現在的我／不再是當時的我／／可以輕易想起你／只是啊／化學染的衣服永遠鮮豔／人生的顏色也該褪點色／青春／不過是久放枯萎的／一朵玫瑰／／只是曾經」。

輯二：「過日子」，作者關注日常生活的片段，從日曆、泡沫紅茶、金烏、溫泉、Line、自動販賣機、結婚證書……等題材，來書寫個人的感受，具現個人的生命情調。在〈我們是朋友──致Line〉一詩，寫出使用Line的感想：「我／只撈到一小段／山谷藤蔓扭腰攀爬／隱約／掙脫的聲音」，是貼圖貼圖貼圖流竄尖聲歡呼、是大合唱。在〈自動販賣機〉詩中，刻畫了都市生活的樣態，同時抒發個人觀感：

「……嘟噹／十元　期待掉下一顆心？／不敷成本無法上市／
十五元　還是買到一罐寂寞？／口味不合滯銷／二十元　意外
落下一盒愛？／夢幻逸品限量供應／二十五元　買來桃色春夢
一瓶？／客訴瑕疵即將下架／／「本機不找零」／投幣口貼著
唯一原則／百分之百服從／你賣　我買」。詩中有趣味性，也
有反諷。輯二作品中，最引人注目的是〈吃爭鮮〉，把女人比
喻為新鮮的切盤，在吃爭鮮就像在尋找愛：

　　刀起刀落
　　溫柔劃過如女子的肌膚
　　將無暇切成擺放
　　一片片春花
　　三十元一盤

　　零下四十度的急凍
　　以冷漠保鮮
　　且讓愛永恆
　　循環間
　　尋求
　　相遇的可能

　　直到
　　春花吻上唇

隱藏的餘溫撫摸了我
瞬間
愛
融化在
齒間

人人都說美味
三十元物超所值

　　輯三：「城市小劇場」，作者開始關注生活空間、政治
及社會議題，包括：龍山寺、松山菸廠、中華商場、台北市議
會、街友、捷運站、博愛座等題材，以妙筆巧思，寫出問題
所在，作者雖沒提出解決方案，但卻讓人讀後深思不已。在
〈那城內〉一詩，描繪了台北城的昔日與當今，對於市容如此
鉅變，作者寫下讓人感到傷感的詩句：

收進了一整個中國大江南北悲歡離合招呼鄉愁中華商場，
裝滿了一整個時尚流行服飾布帛氣派十足建新百貨，
上海藍天女裝、東方咖啡廳，講究大上海浴室，
老台北魂牽夢縈的它們
一個個早已不在了。

過去，現在。

走進一條衡陽路，品著幾分舊時味妝點老建築，
看著一間白光攝影，招牌猶在，老相館抵不過數位化的
蒼涼。
唯獨一間土地銀行，還佇立在新公園前，
公園，也不再新了，
老台北親身經歷的它們，且在城內嘆息佇立。

昨日，今日。

　　這首詩道出台北城的蛻變，是變成天鵝或醜小鴨，只有
讓台北人自己去感受。最重要的是，作者描繪了戰後迄今市容
隨著歷史的流轉而蛻變，有感而發。
　　在〈台北合唱──議會風景〉、〈瑜伽台北動物三式〉、
〈Time──香港，起點還是終點〉這三首詩中，寫出詩人對
於政治的關心。〈台北合唱──議會風景〉指出議員一人一把
號，各吹各的調；而〈瑜伽台北動物三式〉卻刻畫了統派的
嘴臉：以瑜伽練就一身軟骨／對著中國／忠心地對主人說
汪；還描繪了權貴的氣勢：擺開一身華麗翅羽　抖動／俏／用
瑜伽練起孔雀式／公主光芒萬丈／對著帝寶外庶民／開屏；
另外，還有對財團的不滿：鍛鍊背部腹部當然得按摩腸胃／通
／瑜伽來趟貓式／讓吃撐財團餿水不消化／死賴在城市腸胃
裡的／便秘／滾出去。在〈Time──香港，起點還是終點〉

詩中，作者於2014年10月1日寫下這首關心香港民主前途的詩作，希望「隔著一片海／別上黃絲帶／你的髮間　我的胸前／日升　金黃燦爛地／齊齊怒吼要民主／是起點　不會是終點」。在社會議題方面，於〈流浪──街友〉詩中，把街友比喻為流浪狗、流浪貓一樣被驅逐，被社會遺棄，而詩人最後關懷他們可以流浪去哪裡？哪裡會是家？作者對於當下最熱門話題「博愛座」存廢問題，於〈博愛座〉一詩，提出反思：終究／面對／一道空白問答題／是狼／是人？／我們該成什麼樣態／遊蕩人間。

　　輯四：「這土地」9首詩作，聚焦於生活空間的生態問題，包括地形改變、山川變貌、古蹟保護、農地與民宿之間的爭地……等議題。在〈刮痧〉一詩，把經絡比喻為溪流、高山，而痧潛藏於山河之間，雖然可以把痧刮出，讓土地休養，但不知哪天，地震、颱風、豪雨，又破壞了大地，作者這樣巧妙的書寫：「……牛角骨板一筆落／沿背／濁水溪　大安溪　大甲溪／玉山　阿里山／狠狠刮出　隱著藏著魘著我的／痧／被逮捕的間諜／哭嚎遍染背上沃土一片／大河小溪隨之滿江紅／／大軍壓境／痧　上銬／當權我且換幾日　爽快／痛血脈仍潛伏／不知哪一天／再度迸發」。於〈送別〉詩中，關懷的是古蹟舊建築被拆的議題，道出「今天台北工廠／明天新竹古厝／後天台中洋樓／一起打包好熱鬧／阿彌陀佛神來接引／／扮演菩薩的大城官員／習慣莊嚴／一臉慈祥／右手抱著《文資法》／和藹對老房子／以及吶喊的無用路人甲乙丙／說

宿命／這是無法扭轉的／一切都是命　／快跟上　別落了隊／
／官員轉身揮手／建商登場笑／邀請天使降臨人間／站在肩膀
上／欣賞我城美麗新世界」。在〈民宿滿田園〉詩中，道出
祖先因生活需求而築屋起家，如今卻有開進口車直達田園的建
商，以新台幣播種，蓋起豪華民宿，而作者最後發出感慨：插
下秧苗　期待割稻日／種下果樹　期待採收季／種下房子　等
待／新台幣。

　　綜觀葉益青第一本詩集《是女子》，出手即不凡，從個
人日常生活、生命遭遇、社會關懷出發，所觀照的是愛情、土
地、生活空間、社會議題及政治問題，所觸及的題材已非常廣
泛，所關懷的人、事、物也具有宗教情懷，因此，對於葉益青
未來的詩作更有所期待。

【讀賞】是女子也捲毛／王昭華

　　益青寄來詩稿，出乎我想像，卻又完全不意外。這女子，何時居然吐起詩來！真是恬恬食三碗公飯，烏矸仔貯豆油。

　　在台北這個城市劇場，我們的戲份從1995年算起，在繁華東區那略有菜市仔味的216巷弄裡，七樓電梯公寓的五樓，樓梯間敞亮，辦公室有對外窗，陽台可抽煙；陽光正好的午後，總會忍不住轉頭看看誰的側臉──那年雷光夏發第一張專輯《我是雷光夏》，一首名為〈情節〉的歌，輕輕淡淡吟唱著「十二月的陽光下我轉頭看你的側臉……」，好像在那個剎那永恆了。

　　從我所在的月刊部轉頭一看，是叢書部同事的正面和背影，益青是當中最年輕的一位，早我幾個月進公司，和我同年次，和我一樣也捲毛。喔，忘了說，我們是出版社，出版美術類書籍。

　　那是手工稿的年代，彷彿史前某某紀那般遙遠，文編標好字體和字級，發稿給打字行打字，一校二校三校來回折騰，輸出相紙，再交由美編貼稿。美工刀、口紅膠、淺藍色方格子完稿紙，送稿專用黑色手提袋，現在完全用不上了。念過台南家專美工科的益青，一個「美工底」的文字編輯，見證時

代倏忽巨變，想必感慨更深。

　　台北，那時一條捷運線都還沒完工，施工圍籬和公車車尾老寫著「攜手渡過交通黑暗期」（你哪位？誰跟你攜手），上下班交通坎坎坷坷，幸而出版業不像現在這麼慘澹。益青在離開東區之後，一度轉任立法院助理，續接進入另一家出版社，幾年後到國藝會、台北故事館、撫臺街洋樓、松菸……豐富的閱歷，成為一位「文編底」的文化行政人才：如果您了解文編究竟都做些什麼，文字重工業會鑄出哪些職人／執人特質，大概就能明白我的明白。

　　那一串我所記得的益青工作過的地方，於我更有感覺的是街道：青島東路、汀州路、仁愛路、中山北路、撫臺街、忠孝東路，以及從那些街道再拓出去的生活區塊，是益青後來伸展的舞台──捷運在這期間一線一線陸續完工，城市終於有地洞可鑽，人們每天被吞、被吐、被榨乾、被輸送、被制約，向左走、向右走，你有你的我有我的方向。和益青一樣，我也覺得那詢問處是一只魚缸，但我幻想養一尾紅龍，紅龍最愛吃拖鞋打沒死的蟑螂。

　　我們三十了，然後我們過四十。

　　認識的人、擁有的回憶，往往以十年、二十年起跳。捲毛開始出現幾根銀絲，但依然不馴的捲。四十五，沒有老花眼也應該快了，還有月經但再來也沒多久了。對酒當歌，人生幾何？老友久久會一次，倒是臉書河道天天見，好像大家相約在電腦（手機）前曬什麼都好，然後看著彼此一起老去。

　　原以為益青會出和生活家常有關的書，延續她多年前的
《蔬菜美味事典》或《台灣的菜市場》，寫她熱愛的柴米油鹽
醬醋茶；結果這回，是直接把過的日子剁了剁了、料理成詩
了。這下沒有酒可不行。

　　益青久居大台北，卻總是能保有地氣——本想說保有
「土」氣，「身土不二」的「土」，但一說「土」氣似乎就
呆了，只好借用中國近來時興的說法，「接地氣」的「地
氣」。益青的詩作裡，充盈著湧動的地氣，是一個在大城市卻
踩得到地面的女子。

　　「無須多言，也不需給予特別的定義，就是女子感覺自
己與生命中眾女子的片段」——。

　　謝謝益青的詩集。我也是那眾女子，剛好也捲毛。

是女子

無須多言，也不需給予特別的定義，
就是女子感覺自己與生命中眾女子的片段。

寫給我的捲毛

不願被馴服的
我的髮
總是
自顧自地隨性
野　開心就好

立正　向右看
不
本日　她偏想往左
立正　靠左站
偏不
她任性地　蛇行
加速　前進

不能被馴服的髮
經手握強風熱氣高溫
美髮師大權
偽裝柔順暫時低眉

換得
掌權者心安

不願被馴服的
我的髮
三小時小媳婦
下戲後
我
再來自在地當個捲毛

來去

囤積在吾人腸道的
陳年愛情便秘了
淚水再多也無法
滑潤
離開的通道
等待英雄等待解藥等待健保勞保照顧
等待
未來某一天
山洪暴發穿越肛門
告別

心如古井水的以為愛情住進了古墓

隱居在吾人心底的
新鮮愛情曬昏了
颱風神經病嚎哭
濕潤
進入的通道

等待狗熊等待春藥等待國民年金保障
等待
不知道哪個某一天
山洪暴發衝向陰道
前進

心如古井水的讓愛情從古墓出來曬太陽

有來有去

收信

曳著尾巴　游過時光
倒入整壇思念的
一封信

客從遠方來，遺我雙鯉魚

太重
無法泳渡愛情的
日月潭
太遠
耐力撐不住跑來腳傷的
馬拉松

發酵無法拿捏
化成醋
酸了唇齒

目標
——拋繡球

揚起驕傲地下巴
隼之眼閃亮直視
即將現身的
榮耀

會是我的／這是我的／一定是我的
愛
可能是愛吧

眾人呼聲傳來
耳畔
激勵
我
雙手擺動
不能／不願

放開手
墜落大海
游向
目標的我

Nu bra

以為把陽明山墊高
就能
當成
玉山迷了路
這山那山
乾脆結成一家人

直到
某個登山客
攀抵山峰
才知道
峰峰相連
這山不是
那座山

遠觀限定
聖山
禁止攀爬

拒絕聆聽世界
──我和我的折耳貓

世界的紛擾鑽進我的耳

我不需要聆聽
擾動
沿著血液　脈動
跳進我心底

噗通噗通地難過

為什麼要逼我
全世界的哭泣
悠悠鑽進耳朵

只想蓋上耳朵
我和貓
我是貓
一起拒絕世界
只想昏睡

永恆

展示櫃中
牙齒一枚骨頭一隻
考古學家斷言
百萬年前
愛
兩條魚相擁沉睡
這樣是至死不渝吧
你說

一片玻璃
分隔以前與現在
掉進時光裂縫之垃圾
轉身成
歷史穿越信物送來
考古學家說
博物館裡處處永恆
我說
除了愛

一滴寒武紀的淚
滴落
讓愛冰封成
名詞

落紅不是無情物

親愛的，夜落此刻
你
乘興而來
等待纏綿
計算花開需結果
等天上小星星
輪迴降臨我懷中

月亮扯拉地球
自轉
把我倆變成
傀儡一對
隨著月亮無影弦
重複二十八天循環
他轉

每個月存收
失落的積木

疊成裝滿失望的小屋
屋裡沒有人

落紅不是無情物
詩人搖扇吟詠風花雪月
我說
落紅卻是無情物
二十八天轉運
辛酸多情且傷情
待天上小星星落懷
十個月
結果

　　　　　　　　——獻給我的某位前同事

舊時衣

從衣櫃自行蹦出來的
某件
舊時衣
鮮豔如昔
風華在

曾經佔領我身軀
參與我生命
同時寫下有他與沒有他
存在的青春

右手舞動穿過袖口
左手揮動穿越記憶
衣仍在

現在的我
不再是當時的我

可以輕易想起你
只是啊
化學染的衣服永遠鮮豔
人生的顏色也該褪點色
青春
不過是久放枯萎的
一朵玫瑰

只是曾經

換季

春天
換上比基尼想當個
夏天

口哨召喚青春
動不動發抖的雪山
舔起來有春的餘味
飽了　打嗝

雪山
冬天拒絕被攀登
除非
懷抱殉山勇氣的
你
用愛融化冰封的寂靜

冰雪埋葬過去
雨水灑落

我施肥
等待發春

等待
舊土長出
新芽

新公園
——黃氏貞節牌坊

一守四十六年
沒有名字的她
敲鑼打鼓
朝廷立牌坊
彰顯
黃氏
貞節
天下女子好好學

十六初嫁
二八喪夫
奈何斷阻短短人生甜
長長孤孤寂寂
一天一天一年一年
僅餘蒼白
塗裝
黃氏一生

百年後
裙短飄飄俏女孩
青春嘻笑打鬧過
牌坊
無人仰看上頭還住了個
沒有名字的
她

過日子

日子想要正著走歪著走斜著走，都行，就是走吧走吧。

日曆

掛上日曆
一年快來了

拿下日曆
一年要走了

迎新送舊
年
一動
來了去了

泡沫紅茶

滾水落
沖出茶香
醇潤獨一味
還不夠

糖
黑糖果糖蔗糖代糖
以甜加速
搖出短暫幸福
泡沫　漂浮
唇齒相依

三分五分七分
任君倒滿
缺憾
人生
甜夠了

給我一個金烏

冬日
人人都想化身后羿
拉弓射太陽
不需貪心
10%
金烏九隻只需打下一隻

養在懷裡養在家裡養成隨身暖暖包
金烏養在每個寂寞夜
對付
寶島冬風籟籟
何需期待豢養一個他／她
來暖

拿來烘棉被
也好暖床
還可二十四小時不需餵食
后羿出品
品質保證

溫泉

大地煮沸了一鍋水
千百年來
免費
誰想用就來取

玉環在華清池洗出凝脂
只給她的明皇
獨家品嚐

我在地熱谷煮起溫泉蛋
分贈朋友
取暖止餓

我們是朋友
——致Line

縱身一跳

貼圖閃爍

邀請

叮咚叮咚叮咚

興奮的N次方起舞

手指即時忙碌奔跑

腦袋滯留遠方等待高鐵奔回

群組

（需要奔回／來得及奔回嗎？）

歡迎歡迎歡迎

認識你的我

不認識我的他

是朋友的朋友的你

他她你妳我我

手指馬上召喚

男高音女高音男低音女低音

不寂寞有歌為我唱
貼圖貼圖貼圖流竄尖聲歡呼
你來了來了

是大合唱吧
我
只撈到一小段
山谷藤蔓扭腰攀爬
隱約
掙脫的聲音

自動販賣機

手持硬幣數枚

來換

可樂／咖啡／礦泉水／或汽水

白日黑夜二十四小時亮燈

解決飢渴滿足腹餓撫慰失落

城市裡忙碌肉身的

好伙伴

一直伴著我

喠噹

十元　期待掉下一顆心？

不敷成本無法上市

十五元　還是買到一罐寂寞？

口味不合滯銷

二十元　意外落下一盒愛？

夢幻逸品限量供應

二十五元　買來桃色春夢一瓶？

客訴瑕疵即將下架

「本機不找零」
投幣口貼著唯一原則
百分之百服從
你賣　我買

吃爭鮮

刀起刀落
溫柔劃過如女子的肌膚
將無暇切成擺放
一片片春花
三十元一盤

零下四十度的急凍
以冷漠保鮮
且讓愛永恆
循環間
尋求
相遇的可能

直到
春花吻上唇
隱藏的餘溫撫摸了我
瞬間
愛

融化在
齒間

人人都說美味
物超所值

結婚證書

兩個名字
只要
並列
一張紙上
左邊　右邊
蓋了章　許了諾
證人看見同附和
掌聲鼓勵
自此框成一家人

法律保障　該有的權利
記得別違法
宣讀道德　可有的性趣
只要守公理

野花豔
家花香
第三人不要來打擾雙人行

人生可樂
一團和氣

蓋章
雙人就可好好行
迎向美麗人生

面試
——有夢最美

走進一間屋子
獨坐
等待
是誰
走進來

陌生人到臨之前
還不能知道
笑容應該倒進幾分
甜不甜
熟識／裝熟
擺盪

吸氣
提醒自己

要記住
這一刻

我是一隻狗
需要臣服拜倒
眼前是主人或是
將這工作一口兇狠咬下
狩獵

要記住
這一刻
我是一條魚
穿越大江大海小河小溪
張嘴閉嘴
鱗片閃閃
扭身
鯉魚躍龍門的神話
我可以重演嗎
還是只是砧板上的海產
待剁下鍋煮

要記住
這一刻
我可以是一杯水
需要加熱
就能熱情
必須結冰
也可淡漠
該成千古寒冰也可以
自玉山頂上挖下來

只要你要我
我什麼都可以是
或
不是

比起一夜情的漫長
我們僅僅有著
一面情

面試
——賣菜婦

拿起菜籃
裝上我自己
出門

對鏡穿衣
梳妝
抿嘴添幾許紅
健康自然的新貨色
市場要買嗎？

歲末
倉庫中的庫存
灰撲撲拍賣大出清

盤點
計算

喊價

各自心思
猜測
彼此的底價
哪些可以往上喊價讓勞工家庭好過日
哪些可以往下減價讓幸福企業更賺錢
這是一場循環的
拍賣會

站在天平兩端
等待買家上場

向左還是向右

面試圓舞曲

滑步
裙擺優雅地撩撥過
你的心

請
低沈喃喃貼近
請告訴我
關於你
我都想知道

往前一步
你
往後一步
我
如此逼近的你
節節往後的我
慌亂地踩了你一腳
不　沒事

舞步沒有停歇
請繼續

白馬王子依然笑著
告訴我
你的未來你的夢想的能耐的
你能為公司做出什麼樣的貢獻
我們才能繼續跳舞或親吻
也可能直接說
再見

團購

號角響起
辦公室裡值星大聲
整隊，同仁們
起立朝買買買方向快步前進
好康半價超值
呼喚著
焦躁的心

錯過空留遺憾

特價再特價
搶購史上最便宜
所有口味都來上一包
忘了儘管自個不嗜辣

一起買衣服
你背後花兒我胸前也綻放
一件一九九別錯過

女人甲乙丙丁
都成姊妹淘連體嬰

美食吃到飽豪華體驗
號稱一千現在只收五百
歡迎手牽手
四人同行賺更多

倒數限量好康
團購世界如此美好
歡唱
團結力量大
此刻沒有敵人
我們都是戰友

掃墓

我在地上
你在地下
相見不能見
你好嗎？
春天又來了

我在地上
你在天上
想念無窮盡
你知道嗎？
一年又一年

我在這裡
你應該不在這裡了
人間
僅餘
刻上名字的石碑

你來了又走了

年會

春花欲開
春風來
呼～
喚醒沉睡的祖先

東南西北歸來
子孫們
墓前集合
大掃除敘舊聚餐
年會即將開始

躺著的未必認識
眼前這批
即便母公司生產品質保證
子子孫孫
站著的也不一定相識
旁邊旁邊相似又不相似的
他

是哪家孩子
相識也不相識

不需手持信物的年會
一年一次
清明召開

城市小劇場

這個擁擠的城市很忙碌，忙著遺忘忙著追逐，快速地奔跑，而我，老是慢半拍地趕上，有時放棄追趕，慢慢的散步吧……。

艋舺廟門

門神兩邊站
一橫一豎　畫出英雄氣魄
秦叔寶尉遲恭
黑夜宵小莫進來

宮娥兩邊站
一點一捺　描出女身婉約
葡萄石榴手中端
多子多孫福氣滿

忠孝節義列女傳說
一勾一撇　匠師彩筆落
故事　這般定在門上
一過百年

致松山菸廠的曾經

昔人已遠
被遺忘的長廊
回音不再
人離去
想回不回不能回
一年一年
又一年

穗花棋盤腳　開了又謝
池邊
花落
風廂樹　謝了又開
園裡
花開
柳丁倚著芭樂　長了落　落了又長
廠裡
樹
叢叢
寂寞持續蔓

那城內

收進了一整個中國大江南北悲歡離合招呼鄉愁中華商場,
裝滿了一整個時尚流行服飾布帛氣派十足建新百貨,
上海藍天女裝、東方咖啡廳,講究大上海浴室,
老台北魂牽夢縈的它們
一個個早已不在了。

過去,現在。

走進一條衡陽路,品著幾分舊時味妝點老建築,
看著一間白光攝影,招牌猶在,老相館抵不過數位化的蒼涼。
唯獨一間土地銀行,還佇立在新公園前,
公園,也不再新了,
老台北親身經歷的它們,且在城內嘆息佇立。

昨日,今日。

——2011年為撫臺街洋樓
「攝影三劍客眼中的百年台北」特展所寫

我城小劇場

周一二三四五　每一天
一棟棟房屋／一間間社區／一個個家
同時間　寂靜了
我城
等待舞台開

她們／永遠都是她們，不見他們
來自印尼、越南、菲律賓，東南亞集團
的她們
從蟄居的家推出
一具具頹老／艱難語／無法語的身軀　偶爾有狗貓
癱著　上演
我城首部曲
大樓中庭／公園涼亭／某個廊下
老人／老人／還是老人
跑龍套地排坐打盹兒
演員睡成輪椅上的貓　只餘呼嚕呼嚕

來自印尼、越南、菲律賓，東南亞集團
的她們
熱烈搬演
我城番外篇
親朋好友兒子女兒還有男人
家鄉話故鄉事
煙花短短　春花朵朵
叫好不斷

太陽快步到頭頂
我城小劇場　謝幕
不敵肚餓的
她們
老人推回一個個寂靜山洞
關好　且待
明天再登場

台北合唱
——議會風景

鳴砲
女高音披戰袍躍上舞台
SNG別錯過
議會女王
起音憤慨吟唱首部曲

火雞合音呱呱
孔雀翩翩舞
琵琶聲動十面埋伏
鎂光燈閃閃
恭迎本日衛冕者

女高音女中音女低音
男低音男中音男高音
誰願在議會森林落了拍
啞了嗓

我說我的
你拒絕聽我說的
你唱你的
我拒絕與你合唱

人人都想獨唱
一曲
巫之頌歌／哀歌
祝福或詛咒
誰真心為土地
祝禱

瑜伽台北動物三式

扭腰學狗
尾巴要搖
臉以四十五度仰頭　吐舌
笑
以瑜伽練就一身軟骨
對著中國
忠心地對主人說　汪

整翅
灑落耀眼金粉
擺開一身華麗翅羽　抖動
俏
用瑜伽練起孔雀式
公主光芒萬丈
對著帝寶外庶民
開屏

懶腰一伸　呵欠
臀部抬起
鍛鍊背部腹部當然得按摩腸胃
通
瑜伽來趟貓式
讓吃撐財團餿水不消化
死賴在城市腸胃裡的
便秘
滾出去

流浪
——街友

他們驅逐
被主人遺棄的
狗
咒罵
不要過來
只會滿地大便
只會成群遊蕩
流浪狗
這裡不是你的家

他們驅趕
被家人丟棄的
貓
滾開
不要過來
只會弄髒環境
只會發情叫春

流浪貓
這裡不是你的家

他們驅離
被社會遺棄的他們
嘶吼
不要過來
只會街頭群聚
只會喝酒等放飯
流浪漢
有礙觀瞻
這裡不是你的家

可以流浪去哪裡？
哪裡會是家？

好鄰居

清晨七點
鬧鐘穿透衛生棉一般薄的
牆
他／也可能是她／或他與她
順便叫醒摀耳的你
東方有鄰居

頭頂傳來
床和地板touch聲
午夜前儀式
是忙碌睡前運動吧
北側有鄰居

鍋鏟瑯噹作響
耳朵聞知
十一點家庭日
兒子媳婦孫子作客來

外勞做飯忙
西處有鄰居

窗外
隔著一條中庭河
對岸男士持手機威武罵起看不見的遠方
彷彿我亦為他小部屬
風向倘若對
順帶搭送免費二手菸
南邊有鄰居

無所不在地好鄰居
城市
我們多麼親近阿

金魚缸
——捷運詢問處

迷路羔羊
一隻隻疑惑往前走
需要餵食的金魚
一條條餓得狠往前游
蜂擁而來的
問題
擠滿魚缸前方
人人都想親吻魚缸

透明魚缸
豢養一個
他
接電話講話結帳刷卡拿對講機招呼問候
被指引的羔羊笑了
用銅板換得入門券的金魚也笑了
魚缸裡的
他

是一隻強壯的八腳章魚
修鍊中

等待雷峰塔轟然倒下
等待司馬光砸破大水缸
等待化龍日

釋放

起飛

博愛座

眼睛發亮湧進戰場
狼群盯著
深藍／淺藍
一道空白選擇題
進攻座椅
清晨
台北捷運很忙碌

狼群盯著
深藍
一道空白填空題
老／弱／婦／孺
誰能坐下？

道德十字架
隱形地釘於胸前
頭頂環繞幽藍光環
人人扮演天使

嗶嗶
一道空白是非題
狼群管制你我他
坐下
對還是錯？

終究
面對
一道空白問答題
是狼／是人？
我們該成什麼樣態
遊蕩人間

Time
──香港，起點還是終點

你那邊幾點
時針蹣跚走到午夜十二時
終點的起點

你心底幾點
分針畫過一圈一圈圓了又圓
不是起點並非終點

御時光飛行於
一小時又三十分鐘外的
你
謝絕暫停重來倒帶
以及一切　安撫
忿忿吶喊　現實戰場
淚被催流了又流　乾了再流
從日到夜

隔著一片海
別上黃絲帶
你的髮間　我的胸前
日升　金黃燦爛地
齊齊怒吼要民主
是起點　不會是終點

這土地

我喜歡這個小小的島嶼，我抱怨這個小小的島嶼，
我習慣這個小小的島嶼，我住在這個島上，
跟著時光一起慢慢髮白了……。

中秋食蟹

陽澄湖太湖水
沾染江南婉約悠～蕩蕩
黏附八爪齊發絨毛上
五千年歷史
猶於嘴角　噗噗噗吐泡泡
青背白肚金爪
假中秋為名
趁隙　過海

大螯揮舞
怒斥島嶼蟹群速速滾
汝等僅飲山泉水
我乃長江餵飼我
正統為我
渡海而來
大閘蟹
橫行
島嶼

彼岸　　那邊
人必言炎黃子孫
蟹宣稱正統道地
借中秋
月圓圓人團圓
以青背白肚無害之姿
裹起
紅通通真面貌
囂張抵達
彼岸　　這邊

刮痧

吹笛人全心全意
溫柔召喚
痛
快出來
指不出說不出何處痛的痛
隱隱地　隱於血脈奔騰
叫囂
你抓不到我

對吾背起誓
今日領軍
藏匿血脈之
痛
一個也逃不掉

牛角骨板一筆落
沿背
濁水溪　大安溪　大甲溪

玉山　阿里山
狠狠刮出　隱著藏著魘著我的
痧
被逮捕的間諜
哭嚎遍染背上沃土一片
大河小溪隨之滿江紅

大軍壓境
痧　上銬
當權我且換幾日　爽快
痛　血脈仍潛伏
不知哪一天
再度迸發

贈品

這島
沃土飼養假好心銀行
景氣繁榮
宣告定存利率
大躍進
我家勝過這家那家你家
唉
普通人哪來利息
填牙縫

那島
夭不壽奸商
米粉沒米蜂蜜不純
餿水油塑化劑瘦肉精創意倒
營運SOP
未來的諾貝爾獎
大讚嘆
往身體裡放了什麼

我
就能
加倍收到利息
買大送小
呀
腰肥臀圓
買一不只送醫

大拍賣
獨家贈送
前往天堂的特快車門票
人人有獎

國際化光輝十月

一船船　海外貨運
送抵台灣
香港？中國？越南
光輝十月
拍手叫好的
好一個國際化

海外歸僑如候鳥歸巢
返抵
國際化的台灣
中國的→越南的→香港的
還有呢？還有哪些浸漬在油中的
祕密

島民／是人
人卻不人　豬也不豬
國也不是國的
浸漬在

國際化的
油桶中
各國倒下一桶又一桶
油
慶祝　雙十煙火
燦爛

一桶桶的油
把我們餵養成一隻隻
紅通通　噴火獸
憤恨踏步踏步
齊齊在
光輝十月
吐一把火燒向政府
重新再來

　　　　　　——寫在餿水油自海外運來台灣之際

送別

農曆七月起音剛落下
挖土機轟轟轟
一鏟鏟扛上車
老房子通通做仙
瞬間
高鐵極速抵達
西方
極樂世界

獨居獨宿獨飲獨食
老房子不懼寂寞
好心人多情憂它們路上少了伴
你一拳　我一鏟
今天台北工廠／明天新竹古厝／後天台中洋樓
一起打包好熱鬧
阿彌陀佛神來接引

扮演菩薩的大城官員
習慣莊嚴
一臉慈祥
右手抱著《文資法》
和藹對老房子
以及吶喊的無用路人甲乙丙
說宿命
這是無法扭轉的
一切都是命
快跟上　別落了隊

官員轉身揮手
建商登場笑
邀請天使降臨人間
站在肩膀上
欣賞我城美麗新世界

來塑身
——為山補破網

吸氣
一二三　二二三　三二三
再吸一口氣
櫃姐拉起全台最神效的
塑身衣
不知多少年前
崩壞的豐胸　迅速擴充的細腰　曾經渾圓之臀
隨土石流迷途的
肉身
但求一次歸家

雨過
人們拉起湛綠膠布
織起一尺一尺高丹尼塑身衣
要為
豪大雨後
心管不住身不由己
隨土石流暴走

山林山坡
穿回
胸得豐　腰得細　臀得圓
身軀就定位

倒吸一口氣
穿起塑身衣的山林
一二三　二二三　三二三
依然擋不住
習於暴飲暴食的土石流
一次次崩走逃家
這山　那林
再也歸不了家

民宿滿田園

曾經
祖先
渡海越山到這
奮力播種
水稻蔬菜果樹及
希望
長長長
開墾土地
築屋起家
一代代

現在
駛著進口車直達的
他們
以新台幣播種
召喚整個世界
來
英國甜蜜童話城堡

巴里島放鬆泳池
希臘浪漫風情小屋
豪華民宿
一棟棟種進祖先的田園
圈起獨家王國
主人豪氣笑言
這是我的夢想之屋
歡迎分享

插下秧苗　期待割稻日
種下果樹　期待採收季
種下房子　等待
新台幣

紅薔薇
──記郭芝苑

小鎮那一端運來
山的氣味
蘿蔔、芥菜、大白菜
一箱箱擺滿
老屋左門口

小鎮另一端捕來
海的味道
鮮魚、鮮蝦、紅蟳
一簍簍堆起
老屋右門邊

市場滿了叫賣聲
老屋寂靜
主人隱隱

直到
來自山城的詩人

抵達海的小鎮
詩和樂相遇的老屋響起
紅薔薇
燦亮亮開滿
傳唱島嶼幾十年

米克斯島嶼

西拉雅　道卡斯　凱達格蘭
荷蘭紅毛蕃　還有西班牙
漢人　大和民族　日本仔
外省阿　老芋仔　中國人
美國軍人
大陸妹　越南仔　泰國阿
金毛的阿督仔
台灣人

三四百年間
海的那一邊這一邊
這一國那一國搭著船
來了
這小小島嶼

稻米蔬菜水果
上船了
荷蘭豆　番茄　胡蘿蔔

跟著歷史
雜交
新品種
滿足島嶼一張張嘴

料理習慣跨界
搭飛機
日本料理　台式風味
掛上義大利招牌的台灣義大利
巴黎空降
骨子雜交外觀混搭
滿足島嶼時髦的期待

語言狂愛多元運用
中文台文英文
abc羅馬拼音或ㄅㄆㄇ
來句日文喔嗨唷道早安

一點也不奇怪
島嶼寬容有氣度

右舍人家嫌惡地
閒話
你家孫子完全沒有你家血統
竟然去跟到越南仔
黑嚕嚕
轉身
我的金孫真像美國女婿
笑著對左鄰說
阿督仔白雪雪
混血兒還是比較漂亮

世界大同
你愛我我愛他他又愛上你
我愛他他不愛她她愛她

植物生物動物人物
情隨意搞

我們幸福地
住在寶島
一起米克斯

【後記】微光中的寫詩時光

　　感謝網路世界的連結，讓很多久別得以重逢。十餘年前就已識得李魁賢老師，卻因非詩族群怯於和老師聯絡，往往遠遠觀看李老師的動人詩作與活力，為之讚賞。臉書興起，得以和老師相約喝咖啡，半推半就莫名加入「詩子會」小組織，和葦芸、淇竹、思嫻、文文、依依、美蓉等一起討論，詩作偶爾現身在《笠詩刊》，讓習於孤僻的我，疏懶少一點；時光一過兩年，斷斷續續地寫。

　　原本腦海裡有許多片段的思緒，彷彿是朵雲飛過消失；自此捕捉與記錄瞬間的感覺，在移動的時候、在每天相依的捷運上、在步行於城市裡，眼睛開始觀看紛紛擾擾與來來去去，抓下紀錄。

　　《是女子》，敘述女子感覺、生活種種及對這環境、這片土地的觀看，順手落下篇名，就更隨性的撈來當書名，女子乃「好」，是好好的自己，好好的過日子，好好的寫詩，無非是好，能好。二年短短，陸續寫下幾十首詩，收了45首，當作是階段性的終點，也要能是起點。

　　謝謝羊子喬老師為這本小詩為文導讀，其中所藏黑色幽默的搞笑詼諧，詩人抓到了；謝謝昭華的讀賞，從青春相識到

中年，我愛妳眼中看到的我，一起走過二十年，好感動。謝謝
淇竹、葦芸、文文，如果不是天外飛來的下午茶之約，經眾人
熱烈討論，《是女子》可能會從青春尾等到成白髮老嫗，依然
未曾面世。趁著春日，我抽空為這本小詩集刻了個版畫當封面
用，女子的背影永遠比正面有故事吧！

　　能夠寫字，是快樂的；能夠寫詩，是幸福的，期盼繼續
晃蕩在這微光中。

讀詩人106　PG1749

 是女子
　　——葉益青詩集

作　　者	葉益青
責任編輯	林昕平
圖文排版	周妤靜
封面設計	蔡瑋筠

出版策劃　釀出版
製作發行　秀威資訊科技股份有限公司
　　　　　114 台北市內湖區瑞光路76巷65號1樓
　　　　　電話：+886-2-2796-3638　傳真：+886-2-2796-1377
　　　　　服務信箱：service@showwe.com.tw
　　　　　http://www.showwe.com.tw
郵政劃撥　19563868　戶名：秀威資訊科技股份有限公司
展售門市　國家書店【松江門市】
　　　　　104 台北市中山區松江路209號1樓
　　　　　電話：+886-2-2518-0207　傳真：+886-2-2518-0778
網路訂購　秀威網路書店：http://www.bodbooks.com.tw
　　　　　國家網路書店：http://www.govbooks.com.tw
法律顧問　毛國樑　律師
總 經 銷　聯合發行股份有限公司
　　　　　231新北市新店區寶橋路235巷6弄6號4F
　　　　　電話：+886-2-2917-8022　傳真：+886-2-2915-6275

出版日期　2017年3月　BOD一版
定　　價　200元

國家圖書館出版品預行編目

是女子：葉益青詩集 / 葉益青著. -- 一版. -- 臺
北市：釀出版, 2017.03
　　面；　　公分. -- (讀詩人；106)
　　BOD版
　　ISBN 978-986-445-183-8(平裝)

851.486　　　　　　　　　　　106000029

讀 者 回 函 卡

感謝您購買本書，為提升服務品質，請填妥以下資料，將讀者回函卡直接寄
回或傳真本公司，收到您的寶貴意見後，我們會收藏記錄及檢討，謝謝！
如您需要了解本公司最新出版書目、購書優惠或企劃活動，歡迎您上網查詢
或下載相關資料：http:// www.showwe.com.tw

您購買的書名：_____

出生日期：_____年_____月_____日

學歷：□高中 (含) 以下　　□大專　　□研究所 (含) 以上

職業：□製造業　□金融業　□資訊業　□軍警　□傳播業　□自由業
　　　□服務業　□公務員　□教職　　□學生　□家管　　□其它____

購書地點：□網路書店　□實體書店　□書展　□郵購　□贈閱　□其他

您從何得知本書的消息？

　□網路書店　□實體書店　□網路搜尋　□電子報　□書訊　□雜誌

　□傳播媒體　□親友推薦　□網站推薦　□部落格　□其他_____

您對本書的評價：(請填代號　1.非常滿意　2.滿意　3.尚可　4.再改進)

　封面設計____　版面編排____　內容____　文／譯筆____　價格____

讀完書後您覺得：

　□很有收穫　□有收穫　□收穫不多　□沒收穫

對我們的建議：_____

_____

_____

_____

11466
台北市內湖區瑞光路 76 巷 65 號 1 樓

秀威資訊科技股份有限公司　　　收

BOD 數位出版事業部

....

（請沿線對折寄回，謝謝！）

姓　　名：＿＿＿＿＿＿＿＿＿　年齡：＿＿＿＿　性別：□女　□男

郵遞區號：□□□□□

地　　址：＿＿＿＿＿＿＿＿＿＿＿＿＿＿＿＿＿＿＿＿＿＿

聯絡電話：(日)＿＿＿＿＿＿＿＿＿＿　(夜)＿＿＿＿＿＿＿＿＿＿

E-mail：＿＿＿＿＿＿＿＿＿＿＿＿＿＿＿＿＿＿＿＿